7,90

Margret Koers

Türschilder 2
selbstgetöpfert

Frech-Verlag Stuttgart

Hier kocht der Chef (Abb. Seite 1)

Die achteckige Form bildet einen hübschen Rahmen für den kleinen Koch. Alle Körperteile und der Löffel sind einzeln mit viel Schlicker aufgelegt – beginnend mit dem Bauch.
Rechts bleibt viel Platz zum Beschriften.

Maße: 17 x 12,5 cm

Ton: weiß

Glasur: Grundplatte Braunstein,
evtl. Transparentglasur,
Kittel, Hose, Mütze winterweiß,
Gesicht, Hände braun-beige,
Haare, Schuhe goldbraun,
Löffel rubinrot

Auflage: 6. 5. 4. 3. 2. | Letzte Zahlen
Jahr: 1996 95 94 93 92 | maßgebend

frech-verlag
ISBN 3-7724-1523-7 · Best.-Nr. 1523 GmbH + Co. Druck KG Stuttgart · Druck: Frech, Stuttgart 31

Mein erstes Türschilder-Buch wurde ein großer Erfolg und hat mich motiviert, weitere „Visitenkarten“ für Ihre Wohnung zu entwerfen.

Sie werden feststellen, daß während des Töpferns viele eigene Ideen mit einfließen. Und so möchte ich dieses Buch auch verstanden wissen: als Anregung für Ihr Hobby mit guten Tips für Anfänger.

Die großen Fotos lassen alle Details erkennen und werden Ihnen, wie auch der Einleitungstext, sicher eine Hilfe sein.

Machen Sie sich und anderen eine Freude mit einem persönlichen Türschild. Wählen Sie unter verschiedenen Beschriftungsformen oder kombinieren Sie mit Trockenblumen.

Ich wünsche Ihnen viel Freude dabei und gutes Gelingen.

Margret Koers

TÖPFERN

Modellierhölzer, Töpfermesser, Tonrolle und -schlingen sind gute Helfer. Auch viele Küchengeräte eignen sich.
Schlagen Sie den Ton gut durch, so verhindern Sie Luftblasen, die Ihr Kunstwerk beim Brennen zum Platzen bringen könnten. Einige Tonsorten müssen nicht geschlagen werden. Auf einer Zeitungsunterlage rolle ich den Ton ca. 1 cm dick aus. Sinnvoll ist auch ein Arbeitsbrett aus Holz, denn so können Sie Ihre Arbeit von allen Seiten betrachten.
Zwei Schälchen, gefüllt mit Wasser und Schlicker (Ton-Wasser-Gemisch), sollten in greifbarer Nähe stehen. Schlicker dient als „Klebstoff" für alle aufgesetzten Dekorationen. Rauhen Sie dabei die Kontaktflächen beidseitig auf.
Selbstgefertigte Papp-Schablonen, ein Lineal, Teller und Schalen in verschiedenen Formen erleichtern das Herstellen der Grundplatte.
Löcher für die Befestigungsschrauben stechen Sie gleichmäßig mit einem dikken Trinkhalm aus. Rutschen Sie dabei nicht zu weit an die Außenkante, damit nichts reißen kann. Wichtig ist auch, daß die Löcher nicht durch aufgelegte Dekorationen verdeckt werden.
Sackleinen (Jute), ein Frotteetuch oder grober Stoff eignen sich gut zum Strukturieren. Einen gleichmäßigen Abdruck erzielen Sie mit Hilfe der Tonrolle.
Mit dem Modellierhölzchen oder angefeuchteten Fingern lassen sich Ränder und Unebenheiten glätten. Vorsicht! Schwarzer Ton bekommt durch Wasser häßliche Flecken.
Es ist sinnvoll, Dekorationen zunächst probeweise aufzulegen und erst dann die Verbindungsstellen aufzukratzen und mit Schlicker zusammenzufügen.
Wichtig ist auch, daß ausreichend Platz für den Namenszug vorhanden ist.
Sie können Buchstaben einzeln ausschneiden, aus Würstchen zusammensetzen oder ganz einfach eindrücken.
Im Innenbereich wird ein Türschild, mit Trocken- oder Seidenblumen dekoriert, zu einem echten Blickfang. Pflanzen wirken sehr dekorativ, hier muß aber unbedingt von innen glasiert werden.

Trocknen und Rohbrand

Beim Trocknen und Brennen schwindet der Ton durch die Wasserverdunstung ein wenig.
Ideal ist ein Trockenplatz, an dem die Temperatur nicht mehr als 18 °C beträgt.
Unbedingt vermeiden sollten Sie Sonneneinwirkung und Heizungsnähe. Ein Holzbrett, saugfähig und gerade, bildet den idealen Untergrund zum Trocknen.

Legen Sie Zeitungspapier darunter, so sollte die Lage möglichst dünn sein, damit das getöpferte Teil sich nicht wölbt. Dünne aufmodellierte Dekorationen schütze ich mit Plastikfolie einige Tage vor zu schnellem Trocknen.
Durchschnittlich zwei Wochen, je nach Tonstärke, sollten Sie warten, bevor Sie Ihr Türschild brennen.
Fragen Sie in Ihrem Hobby-Geschäft, ob dort ein Brennservice für Kunden besteht. Oder versuchen Sie, einen privaten Brennofen-Besitzer ausfindig zu machen. Die Rohbrandtemperatur ist mitverantwortlich für die Saugfähigkeit beim späteren Glasurbrand; ideal sind 960 °C.

Glasieren und Glasurbrand

Von großer Wichtigkeit ist die Auswahl der passenden Glasur. Lassen Sie sich ausführlich beraten und Muster zeigen. Entsprechende Tafeln hängen in den meisten Fachgeschäften aus.
Um unliebsame Überraschungen zu vermeiden, fertige ich mir jedoch Probeplättchen aus rotem, schwarzem und weißem Ton an und trage meine Glasuren zweimal auf. Auf schwarzem Ton verlieren viele Glasuren ihre Farbe, wirken jedoch manchmal sehr interessant.
Sie werden feststellen, daß das Experimentieren viel Freude bereitet.
Und so mischen Sie Glasuren an: auf 1 kg Pulver, in eine Schüssel gesiebt, 300 ml Wasser geben. Nach 12 Stunden Ruhezeit mit einem Plastiklöffel oder Mixer gut verrühren. Anschließend gebe ich so lange Wasser in kleinen Mengen dazu, bis die Mischung die Konsistenz von Dosenmilch hat und streiche die Glasur mit einem Teigschaber zweimal durch ein Sieb.
Etwas teurer im Preis, jedoch für Anfänger sehr gut geeignet, sind gebrauchsfertige Glasuren, die in kleinen Töpfchen angeboten werden.
Im Normalfall streiche ich meine Glasur zweimal hintereinander gleichmäßig auf. Ist sie sehr dünnflüssig, kann auch ein dritter Auftrag erforderlich sein, da sonst die gewünschte Farbe nicht richtig zur Geltung kommt. Eine zu dick angesetzte Glasur kann „laufen“. Alle in diesem Buch genannten Glasuren gewähren bei richtiger Handhabung gute Ergebnisse.
Auch die Farbe ist entscheidend: schwarzer Ton saugt stärker als weißer, gefolgt von rotem Ton. Beachten Sie die für Ihre Glasur empfohlene Brenntemperatur und die Hinweise „stark fließend“ oder „schwach fließend“.
Meine glasierten Türschilder habe ich bei 1040 °C gebrannt.

Aloïs und Ingrid,
Claudia und Olaf
Bruns

Schafhirte

Das Oval und der Hintergrund des Hirten bestehen aus einem Stück.
So geht es weiter: Kopf, Haare, Bart, Hut, Hände, Stock, Mantel aufsetzen; Schafkörper mit „Wolle“ aus der Knoblauchpresse bestücken; Freiraum mit „Heidekraut“ füllen.

Maße: 19 x 17 cm

Ton: weiß

Glasur: Grundplatte Braunstein,
evtl. Transparentglasur,
Hut und Mantel goldbraun,
Gesicht und Hände braun-beige,
Haare und Bart steingrau,
Schafe winterweiß,
Heidekraut patinagrün, lila

Blätter und Blüten

Ein „schnelles“ Türschild für Anfänger! Verteilen Sie auf der an den Ecken abgerundeten Fläche Blätter und aus drei flachgedrückten Kügelchen zusammengesetzte Blüten.
Naturfarben harmonieren besonders gut mit Braunstein.

Maße: 22,5 x 12 cm

Ton: weiß

Glasur: Grundplatte Braunstein,
evtl. Transparentglasur,
Blätter braun-grün,
Blüten Eiche rustikal

Familienbild

Halten Sie die Gesichter Ihrer Lieben in Ton fest! Das wirkt natürlich besonders gut, wenn richtige „Charakterköpfe“ darunter sind.
Auch Hund und Katz' finden sicher noch einen Platz. Alle Teile sind aufmodelliert und auf der Grundplatte bearbeitet worden.

Maße: 18 x 13,5 cm

Ton: weiß

Glasur: Braunstein,
evtl. Transparentglasur

Sie und Er

Hier ein Vorschlag für ein junges (Braut-)Paar: Ballett- und Turnschuh, Blätter und Blüten sind ganz fein gearbeitet und erfordern ein wenig Fingerspitzengefühl – besonders beim Glasieren.

Maße: 18 x 9 cm

Ton: rot

Glasur: Grundplatte Braunstein,
evtl. Transparentglasur,
Rand, Blätter und Schnürsenkel malachit,
Blüten und Schleife lila,
Ballettschuh korallenrosa,
Turnschuh himmelblau

Blumengruß für Gabi

So leicht und frisch kann Keramik wirken! Ein Ausschnitt läßt den Blick auf die Hauswand frei. Die Blütenblätter sind leicht zusammengedrückt und zu fünft aufgesetzt. Den Blütenstempel können Sie mit einem Zahnstocher strukturieren.

Maße: 16,5 x 12 cm

Ton: weiß

Glasur: Grundplatte Braunstein,
evtl. Transparentglasur,
Blätter und Stengel malachit,
Blütenblätter Eiche rustikal,
Blütenstempel goldbraun

Kastanienblätter

Das wird Naturfreunden gefallen: Kastanienblätter auf eine Tonplatte legen, mit der Backrolle darüber rollen, ausschneiden und mit einzelnen Buchstaben beschriften.
Stechen Sie mit einem Strohhalm beliebig viele Löcher aus – so läßt sich Ihr Türschild später noch erweitern.

Maße: 23 x 20 cm bzw. 12 x 7 cm

Ton: weiß

Glasur: malachit

MAI
LORE
PIA
JAN

Bauernhaus

Ein altes, gemütliches Bauernhaus bewohnt Familie Schwanken. Da eignet sich dieses ländliche Motiv besonders gut. Haus, Dach, Baumstämme und -kronen, Weg und Wiese sind einzeln aufgesetzt.
Mit dem Modellierholz wurde überall „nachgearbeitet". Die Glasuren harmonieren besonders gut mit dem roten Ton.

Maße: 19,5 x 16 cm

Ton: rot

Glasur: Grundplatte Braunstein,
evtl. Transparentglasur,
Fenster und Tür mitternachtsblau,
Weg kölschbraun,
Baumstämme goldbraun,
Baumkronen und Wiese malachit,
Dach steingrau

Ahornblatt

So einfach und dekorativ: unterschiedlich große Blätter (mit der Backrolle eingedrückt), zwei Tonsorten und eine Glasur bilden eine harmonische Einheit. Die Schrift ist aus gleichmäßig gerollten Würstchen aufgelegt.

Maße: 23 x 20 cm

Ton: Blätter rot, Schriftzug schwarz

Glasur: steingrau

Hier wohnt Familie Koch
Willkommen bei Familie Förster

In Wald und Flur

Berg und Tal, Büsche und Bäume und ein kleiner Ententeich heißen bei Familie Förster willkommen.
Das Türschild ist für einen Hausflur gedacht und mit Trockenblumen dekoriert.

Maße: 12,5 x 17,5 cm

Ton: weiß

Glasur: Braunstein,
Berge Eiche rustikal,
Tannen moosgrün,
Büsche und Baumkrone braun-grün,
Stamm manganbraun,
Teich stahlblau,
Enten sonnengelb

Herbst

Damit haben auch Anfänger keine Schwierigkeiten!
Mit Hilfe einer ovalen Platte die Grundform ausschneiden, den Namenszug eindrücken sowie Blätter-Abdrücke und Kügelchen mit Schlicker aufsetzen – fertig!

Maße: 21,5 x 12 cm

Ton: weiß

Glasur: Grundplatte Braunstein,
evtl. Transparentglasur,
Blätter steingrau,
Kügelchen stahlblau

Entenfamilie (Titelbild)

Eine ganze Kinderschar findet hier Platz – oder widmen Sie ein Entchen der Oma, dem Opa, der Tante!
Samtkordelband oder Lederbändchen sind recht robust und daher gut zum Aufhängen geeignet.

Maße: 17,5 x 13,5 cm, bzw. 10 x 8 cm

Glasur: Braunstein,
evtl. Transparentglasur,
Schnabel honiggelb,
Schwänzchen stahlblau, honiggelb,
kölschbraun

Weidenkorb (Umschlagrückseite)

Viele Familienmitglieder finden auf diesem Weidenkorb einen Platz. Auch für einen Doppelnamen – groß und deutlich geschrieben – eignet er sich gut. Die blauen Phantasieblüten bilden sich, wenn Sie Ton mit dem Messer schaben und diesen stückweise aufsetzen.

Maße: 19 x 19 cm

Ton: weiß

Glasur: Braunstein,
evtl. Transparentglasur
Blätter braun-grün,
Phantasieblüten stahlblau,
Kügelchen goldbraun

Blau-weißes Herz

Backförmchen machen es leicht, ein gleichmäßiges Schild auszustechen. Sehr gut eignet sich dieses Herz zum Beschriften mit einem Namen oder passenden Spruch.
Dabei wird die Majolikafarbe direkt auf die weiße Glasur gemalt. Benutzen Sie dazu einen Haarpinsel mittlerer Stärke.

Maße: 15 x 11 cm

Ton: weiß

Glasur: winterweiß,
Majolikafarben blau, grün und gelb

Symbolbaum

Ein beliebtes Motiv, einen Baum mit mächtiger Krone, finden Sie hier.
Der breite Stamm, mit dem Modellierhölzchen strukturiert, wird nach oben hin etwas schmaler.
Die Blätter – flachgedrückte Kugeln – wirken durch die eingedrückten Linien wie kleine Fächer.
Die Schrift ist aus Würstchen stückweise aufgelegt.

Maße: 16 x 12 cm

Ton: weiß

Glasur: Grundplatte Eiche rustikal,
Stamm goldbraun,
Baumkrone moosgrün

Edith
und
Christine

Vogelgezwitscher

Ein kleiner Vogel hat in den Zweigen sein Nest gebaut. Glasieren Sie die vielen aufgesetzten Blätter besonders sorgfältig. Verschiedene Moosarten und kleine Birkenzweige wurden hier mit Pattex aufgeklebt.

Maße: 35 x 23 cm

Ton: weiß

Glasur: Baumstamm und Nest goldbraun,
Baumkrone innen Braunstein,
außen moosgrün,
Vogel Eiche rustikal

Mein kleiner Garten

Geben Sie Ihrer Eingangstür eine ganz besondere Note durch dieses Türschild mit Trocken- und Seidenblumen-Arrangement.
Ein aufgesetzter Tonstreifen mit getöpferten Blättern gibt der Steckmasse für die Blüten Halt.

Maße: 20,5 x 15,5 cm

Ton: weiß

Glasur: Braunstein,
evtl. Transparentglasur,
Blätter malachit

W. Barth

Vor der Haustür

Türrahmen, Sprossen und Mauerwerk sind eingedrückt, alle sonstigen Dekorationen aufgesetzt.
Das Grün der Lorbeerbäumchen kommt aus der Knoblauchpresse.

Maße: 18,5 x 12 cm

Ton: rot

Glasur: Grundplatte Braunstein,
evtl. Transparentglasur
Tür mitternachtsblau
Rahmen und Katze steingrau,
Ranke und Lorbeerbäumchen hellgrün,
Blumenkübel honiggelb,
Stämme, Türklinke und Türverzierung goldbraun,
Schleifenbänder rubinrot

Kater Max

Bei diesem Türschild ist es sinnvoll, eine Schablone anzufertigen. Schild und Kater sind aus einem Stück gefertigt.
Alle Linien und die Schrift werden mit dem Modellierholz eingedrückt, Näschen und Schnurrbart des Katers aufgelegt.

Maße: 19 x 18 cm

Ton: rot

Glasur: Grundplatte Braunstein,
evtl. Transparentglasur,
Rand malachit,
Katze steingrau

Herbstwald

Warme Herbsttöne bestimmen dieses Türschild. Die Baumkronen werden besonders schön, wenn sie mit Hilfe echter Blätter hergestellt werden. Eine Backrolle hilft Ihnen dabei.

Maße: 22 x 12 cm

Ton: weiß

Glasur: Grundplatte Braunstein,
evtl. Transparentglasur,
Stämme goldbraun,
Baumkronen kölschbraun, honiggelb, braun-grün

Stiefel

Das ist originell: ein Türschild, dessen Form sich vom Namen her ableiten läßt. Schneiden Sie zunächst eine Papierschablone zu und übertragen die Konturen auf eine Tonplatte. Ränder mit feuchtem Finger glätten, Schnürsenkel und Buchstaben formen bzw. ausschneiden und aufsetzen.
Hier wurden zwei Tonsorten kombiniert und eine Glasur verwendet.

Maße: 19 x 17,5 cm

Ton: Stiefel weiß,
Schnürsenkel und Buchstaben schwarz
Glasur: kölschbraun

SCHUSTER

„Heiter bis wolkig"

Wolke und Sonne sind rasch ausgeschnitten (vorher Schablone anfertigen). Für die Buchstaben sollten Sie sich etwas Zeit nehmen. Damit alle gleich groß werden, ziehen Sie am besten Hilfslinien auf der gleichmäßig starken Tonplatte.
Dieses Türschild eignet sich auch gut, um kleine Wölkchen darunter zu hängen.

Maße: 19,5 x 17 cm

Ton: weiß

Glasur: Wolke fjordblau,
Sonne sonnengelb

Fenster

So ein Fenster macht gute Laune – vor allem, wenn man leuchtende, fröhliche Farben wählt.
Achten Sie auf Details: ein Vögelchen, Herzchen und die kleine Spitzengardine runden das Bild ab.

Maße: 17 x 17,5 cm

Ton: weiß

Glasur: Braunstein,
evtl. Transparentglasur
Vögelchen und Blumentöpfe steingrau,
Spitzengardine winterweiß,
Pflanzen moosgrün, malachit,
patinagrün,
Blüten sonnengelb und rubinrot,
Herzchen rubinrot

MARIANNE
UND MORITZ

Schriftrolle

„Antikbronze" heißt diese Glasur und läßt das Türschild besonders edel wirken!
Schlagen Sie einen langen, ausreichend breiten Tonstreifen an den Seiten um. Die Buchstaben werden aus einer gleichmäßig dicken Platte ausgeschnitten. Hilfslinien erleichtern das Ganze. Mit „Trauben" noch freie Flächen bedecken.

Maße: 25 (aufgerollt!) x 10,5 cm

Ton: weiß

Glasur: antikbronze

Landhaus

Unter dem Landhaus-Dach leben Vater, Mutter und drei Kinder. Das große Feld zwischen den Blumen bietet ausreichend Platz zum Beschriften.
Alle aufmodellierten Teile mit reichlich Schlicker auflegen!

Maße: 32 x 16 cm

Ton: weiß

Glasur: Grundplatte Braunstein,
evtl. Transparentglasur,
Dach und Blumenkästen goldbraun,
Fensterläden mitternachtsblau,
große Blätter malachit,
Gras braun-grün, Blüten lila,
Blumen in Kästen moosgrün und himmelblau,
Sonnenblume moosgrün, sonnengelb und innen goldbraun

Edy
Irmgard
Melanie
Alexander
und Guido
Wehring

Eulenpaar

Eulen-Liebhaber gibt es reichlich. Gehören Sie auch dazu?
Verteilen Sie Schriftzug, Ast und Eulen sowie die Blätter auf einer unregelmäßig ausgeschnittenen Tonplatte, die Sie mit Jutegewebe strukturieren können. Zum Ausmalen des Namens sollten Sie sich etwas Zeit nehmen.

Maße: 21 x 15 cm

Ton: schwarz

Glasur: Ast und Blätter steingrau,
Eulenschnabel und -ohren honiggelb,
Augen winterweiß,
Flügel und Schrift perlmuttweiß

Perlmuttblüte

Hier folgt die Form des Schildes dem Schwung der Blätter: eine rechteckige Platte ausschneiden, mit einem Frotteetuch die Oberfläche strukturieren, Blätter auflegen und das Schild entsprechend beschneiden. Blütenblätter und Kugeln aufsetzen. Der Name wurde eingeritzt und mit Glasur ausgemalt.

Maße: 17 x 12 cm

Ton: schwarz

Glasur: Blätter steingrau, Blütenblätter und Schrift perlmuttweiß, Kugeln honiggelb

Eicheln und Laub

Ob draußen oder im Hausflur – solch ein Pflanzentopf mit Namenszug ist immer dekorativ.
Wenn es Ihnen Schwierigkeiten bereitet, Eicheln zu töpfern, suchen Sie sich am besten ein „Muster“ im Wald. Das gilt auch für Früchte, Blüten usw. Sie werden staunen, wie einfach das Töpfern dann geht.

Maße: 17 x 16 cm

Ton: schwarz

Glasur: Schrift perlmuttweiß,
Eicheln goldbraun,
Blätter hellgrün